DOT, EL PERRO BOMBERO

DOT, EL PERRO BOMBERO

LISA DESIMINI

SCHOLASTIC INC.

NEW YORK TORONTO LONDON AUCKLAND SYDNEY
MEXICO CITY NEW DELHI HONG KONG BUENOS AIRES

A todos
los pequeños bomberos,
especialmente a
Robert Martin Staenberg

Dot, el perro bombero, vive en la estación de bomberos y duerme junto a las grandes botas de goma de los bomberos.

En el perchero, debajo de cada casco,
están colgadas las chaquetas negras
con rayas amarillas

mientras el camión
de bomberos espera
en el garaje.

Muchas veces,
cuando los
bomberos están
preparando
espagueti, leyendo
un libro o jugando
a la pelota con
Dot, se oye...

¡RRRRRRRRRRRRING!
Todos dejan lo que
estaban haciendo y se
preparan rápidamente.
Se ponen los
pantalones,
las botas y
las chaquetas.
¡Hay que ponerse
los cascos! Tú
también, Dot.

Dot y los bomberos suben al camión y salen de la estación. Ponen la sirena para que todos les abran paso. *¡Uuuuuuuh! ¡Uuuuuuuuh!*

El camión se detiene
frente a la casa que
se está quemando.

Dot y un bombero entran corriendo y despiertan a un anciano que está enfermo en cama. El bombero lo rescata.

¡Uy, no puede ser! Dot escucha el
maullido de un gatito.
¡Debe estar atrapado en la casa!

Dot vuelve a entrar
y regresa con el gato
en el hocico.

Un bombero sube por la escalera
y rompe una ventana
para que salga el humo.

Abajo en el jardín,
tres bomberos apuntan
con la manguera a la ventana.

Tardan un poco, pero al final consiguen apagar el fuego.

Los bomberos ponen su equipo
en el camión.
El señor ya se siente mejor.
Les da las gracias a los bomberos
y el gato le lame el hocico a Dot.

De regreso en la estación, los bomberos se quitan las botas y los pantalones y cuelgan las chaquetas debajo de sus cascos. También le quitan el casco a Dot.

Revisan y guardan todo.
Detrás de la estación, los
bomberos lavan el camión.

Los bomberos
han hecho un buen trabajo
y merecen un descanso.
Si quieren, pueden jugar
a las damas o tomar sopa.
Dot se pone a dormir la
siesta junto a las botas
de goma, pero en
cuanto suene la
alarma, volverá a
estar listo.

DOT TE DA ESTOS CONSEJOS DE SEGURIDAD CONTRA INCENDIOS:

No juegues con fósforos, encendedores, velas encendidas, estufas ni con el fuego en general.

Asegúrate de que haya detectores de humo en la casa o en el edificio donde vives y comprueba todos los meses si funcionan.

A la primera señal de fuego o en cuanto suene la alarma de incendios, sal inmediatamente y ponte a salvo. Si no puedes salir, agáchate. No te escondas, quédate donde los bomberos te puedan ver.

Una vez que salgas del edificio, no vuelvas a entrar para nada.

Si hay un incendio, avisa a un adulto.

Aprende el número de emergencias: probablemente es el 911.

Prepara con tu familia un plan de acción en caso de incendio y practícalo. Pónganse de acuerdo para saber dónde se van a reunir una vez que salgan.

Si hay mucho humo, gatea para no respirar en medio del humo.

Si hay puertas cerradas, tócalas con el reverso de la mano (nunca toques las manijas, te podrías quemar). Si están calientes, no las abras. Busca otra vía de escape.

Si tu ropa está en llamas, detente, tírate al suelo y rueda para apagar las llamas. No corras.